KB055311

헤세처럼
나를 찾는
문장 일력

헤르만 헤세의 문장들

365

365 | DEC | 12

31

나는 늘 나에게 몰두했고 나 자신과 함께했다.

《데미안》

Hermann Hesse

헤세처럼
나를 찾는
문장 일력

헤르만 헤세의 문장들

365

김빛나래 편역 | 김윤아 그림

GBB

365 | DEC | 12

30

한 가지는 늘 같다.

오래된 것, 자주 언급되는 것,

자주 시도되는 것은 영원하다는 것이다.

〈자연의 향유〉

- 헤르만 헤세의 소설, 수필, 일기, 신문과 잡지 기고문 등에서 365개의 문장을 뽑아 실었습니다.

- 소설은《 》로, 그 외의 작품은〈 〉로 표시했습니다.

- 공휴일(양력)은 색글자로 날짜를 표시했습니다.

365 │ DEC │ 12

29

추억을 되새기는 것은 그때의 즐거움을 곱씹게 하며

행복과 그리움, 낙원을 새롭게 느끼게 해준다.

그 짧은 순간에 생기와 온기와 빛을 만끽했던 걸

경험한 사람은 매일 새롭게 주어지는 일들을 순수한 마음으로

받아들일 것이다. 그리고 아픔도 담담하게 받아들일 것이다.

〈당신은 정말 행복한가〉

| 365 | JAN | 1 |

1

새해 첫날

아름다움이 늘 넘치게 우리를 둘러싸고 있다.

기쁨은 노력으로 얻을 수 있는 게 아니고

결코 돈으로 살 수 있는 게

아니라는 사실이 더할 나위 없이 좋다.

〈보리수꽃〉

Hermann Hesse

365 | DEC | 12

28

만약 인간의 삶에서 불가피한 운명을 받아들이고,

선과 악을 제대로 맛보고,

외적 운명과 함께 내적 운명, 우연이 아닌

본래의 운명을 정복하는 것이 중요하다면,

내 삶은 초라하지도 나쁘지도 않았다.

《게르트루트》

365 | JAN | 1

2

내 목표는 나의 본성과 개성 그리고 재능을

가장 잘 펼칠 수 있는 터전을 찾아가는 것이다.

그 외에 다른 목표는 없다.

《나르치스와 골드문트》

365 | DEC | 12

27

진심 어린 기도와

마음 깊이 우러나오는 관심은

아주 먼 곳까지 영향을 미치는 법이다.

《수레바퀴 아래서》

3

우리는 그저 인간일 뿐이다.

각자가 하나의 시도이며 하나의 과정일 뿐이다.

《유리알 유희》

365 | DEC | 12

26

우리보다 오래 산 나무들은 긴 호흡으로

차분하게 길게 생각한다.

나무들은 우리보다 지혜롭다.

그들의 말에 귀 기울이면

우리도 지혜로워질 것이다.

〈나무들〉

Hermann Hesse

365 | JAN | 1

4

나는 끝까지 나의 씨앗의 비밀을 지켜내는 것

말고는 다른 걱정은 없다.

나는 내 안에 신이 깃들어 있음을 믿는다.

나는 나의 사명이 거룩한 것임을 믿으며,

그런 믿음으로 산다.

〈나무들〉

Hermann Hesse

365 | DEC | 12

25

성탄절

우리 한 사람 한 사람은

세계를 이루는 모든 것으로

이루어져 있다.

《데미안》

Herman Hesse

365 | JAN | 1

5

인간이란 알 수 없는 존재다.

새로운 인생에서 소원을 이루자,

기이하게도 나는 이따금

깊은 외로움에 빠져들었다.

《게르트루트》

24

〈수업 시대〉에는 그 어떤 신앙 고백의

의무가 없고 신앙 없는 마음의 두려운 고독을

견디기 힘든 사람들을 위한 종교가 있다.

오로지 사랑하고 활동하는 인간의

아름다운 규정과 가치에 대한 믿음만 요구한다.

〈괴테 전집 제18권〉

6

나는 나무들이 독자적인 삶을 살아내는
것을 보았다. 그들은 각자 독특한
모양과 가지를 만들고 고유한 그림자를
드리웠다. 그들은 산과 가까운
은둔자나 전사 같아 보였다.

〈은둔자와 전사〉

23

삶은 죽음보다 강하고,

믿음은 의심보다 강하다.

《수레바퀴 아래서》

365 | JAN | 1

7

새로운 것이 시작되었다.

옛것에 매달리는 사람들에게는

무시무시한 일이 될 것이다.

《데미안》

365 | DEC | 12

22

결국에는 자신의 몫을 혼자서 짊어져야 한다.

다른 사람과 나눌 수는 없다.

《크눌프》

Herman Hesse

365 | JAN | 1

8

아름답고 강한 나무보다

더 거룩하고 모범이 되는 것은 없다.

〈나무들〉

Hermann Hesse

365 | DEC | 12

21

적당히 즐겨야 즐거움이 두 배 늘어난다.

작은 기쁨을 소홀히 하지 마라!

〈작은 기쁨들〉

_____

_____

_____

_____

9

모든 아름다운 것들을 자루에

가득 담아 두었다가 힘든 시절에

꺼내어 쓸 수 있다면!

〈보리수꽃〉

Hermann Hesse

365 | DEC | 12

20

당신은 바라면서도 후회하고 두려워하고 있다.

그것들을 모두 극복해야 한다.

《데미안》

365 | JAN | 1

10

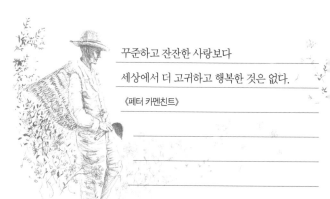

꾸준하고 잔잔한 사랑보다

세상에서 더 고귀하고 행복한 것은 없다.

《페터 카멘친트》

365 | DEC | 12

19

나를 덮친 외적인 운명이 피할 수 없는 신의 뜻이라면,

내적인 운명은 내가 만든 고유한 작품이었다.

인생의 달콤함도 씁쓸함도

오롯이 내 책임이다.

〈외로운 밤〉

Hermann Hesse

| 365 | JAN | 1 |

11

우리의 내면과 자연 속에는

동일한 신이 활동하고 있다.

〈자연의 형태들〉

18

신에 대한 사랑이 선한 존재에 대한 사랑과

반드시 일치하지는 않는다.

그렇게 간단한 문제라면

얼마나 좋겠는가!

《나르치스와 골드문트》

12

식물에게는 좋은 이웃도 있고 나쁜 이웃도 있다.

호의를 보이는 식물도 있고 서로를 배척하는 식물도 있으며,

아무런 제약 없이 마구 피어나 마음껏 살다 죽는 식물도 있고,

굶주리면서 힘들게 버티는 불행한 식물도 있다.

〈정원에서〉

Hermann Hesse

365 | DEC | 12

17

여행자는 헌신적이고 사랑하는 마음으로

낯선 것에 귀 기울여야 하고,

그것에 담긴 본질의 비밀을

끈기 있게 알아내야 한다.

〈여행에 대하여〉

Hermann Hesse

13

여행은 언제나 체험을 뜻해야 한다.

우리는 정신적 관계를 맺을 수 있는 환경에서

가치 있는 체험을 할 수 있다.

〈여행에 대하여〉

365 | DEC | 12

16

고지대에 서 있는 나무들은 생존과 성장을 위해 바람과 날씨,

바위와 싸워왔다. 저마다 자신의 짐을 짊어진 채

그곳에 달라붙어 있어야 했고,

그러면서 고유한 형태와 특별한 상처를 갖게 되었다.

〈은둔자와 전사〉

Hermann Hesse

365 | JAN | 1

14

누군가가 자신의 행복이나 미덕에 대해

자랑하고 싶을 때, 대부분 그것은

사실과 다르다는 것을 알고 있다.

《크눌프》

Hermann Hesse

| 365 | DEC | 12 |

15

믿지 않으면서 이루어지길 바라면 안 된다.

그 바람을 완전히 포기하든지,

아니면 제대로 바라야 한다.

성취될 거라 확신하면서 염원한다면

이루어질 것이다.

《데미안》

| 365 | JAN | 1 |

15

육체뿐 아니라 우리의 본성 전체가 서로 연결되어 있으며

체계적으로 정돈되어 있음을 깨달아야 한다.

그럴 때 비로소 우리는

자연과 진정한 관계를 맺는다.

〈자연의 향유〉

14

행복은 아무것도 아니다.

그저 한 단어일 뿐이다.

아무 의미도 없고 다른 것에 좌우된다.

〈당신은 정말 행복한가〉

365 | JAN | 1

16

환희는 젊은 사랑의 힘이 승리했음을 의미하고

강렬한 삶에 대한 예감을 의미했다.

《수레바퀴 아래서》

13

안녕, 사랑스러운 복숭아나무야!

너는 적어도 순리에 따라 자연스러우며

기품 있게 죽음을 맞이했으니

나는 너를 찬미한다.

〈복숭아나무〉

Hermann Hesse

365	JAN	1

17

뗏목 여행 따위에 무슨 행운이 있었다는 건지

모르겠다. 뗏목을 타면서 겪은 고통과

온 힘을 다해 전력투구한 일, 불쾌감 외에는

기억이 나지 않는다. 하지만 그런 것들이

바로 경이로운 일이었다.

〈뗏목 여행〉

365 | DEC | 12

12

새로 태어나고 싶다면

죽을 각오가 있어야 한다.

〈두려움 극복〉

18

마음은 초조했지만 두려움은 없었다.

나는 내게 중요한 날이 시작되었음을 느꼈다.

주변 세계가 변하고 있다는 걸 보고 느꼈고,

나와 연관되기를 고대하고 있음을 느꼈다.

《데미안》

365 | DEC | 12

11

절망이란 덕을 쌓고 정의롭고

이성적으로 살아가며 주어진 책임을 완수하려는

진지한 노력의 결과다.

절망의 한편에는 아이들이 있고,

절망의 또 다른 한편에는 깨달은 자들이 있다.

〈언제나 새롭게〉

365 | JAN | 1

19

사실 행복과 불행을 세세하게 따지는 건

아무런 의미가 없다.

어차피 나는 행복했던 날보다

불행했던 날에 더 무게를

두기 때문이다.

〈외로운 밤〉

Hermann Hesse

365 | DEC | 12

10

오늘은 행복한 날이었다.

맑고 상쾌하고 잊을 수 없는 날.

무심코 살아버리고 그냥 잊어버렸던

백오십 번의 날들만큼 가치가 있었다.

〈눈부신 겨울〉

Hermann Hesse

20

실제로 인간이 두려워하는 것은 하나다.

몸을 던지는 것, 미지의 세계로 뛰어드는 것,

안전했던 모든 것을 뿌리치고

훌쩍 몸을 던지는 것이다.

〈두려움 극복〉

365 | DEC | 12

9

우리의 기억은

기억할 만한 가치가 있는 것만 간직한다.

그렇지 않으면 불안과 어지러움으로

단 한 해라도 들여다볼 수 있겠는가!

〈밤나무〉

Hermann Hesse

365 | JAN | 1

21

자신의 꿈을 찾아야 한다.

그러면 그 길은 쉬워진다.

《데미안》

8

신은 계율 속에만 존재하는 게 아니다.

계율은 신의 아주 작은 일부일 뿐이다.

계율을 잘 지킨다 해도

신에게서 멀어질 수 있다.

《나르치스와 골드문트》

22

어느 날 문득 마음속에 한 가지 질문이

비눗방울처럼 살며시 떠올랐다.

나는 정말 행복한 것일까?

〈당신은 정말 행복한가〉

7

오, 방랑자들이여, 즐거운 탕아들이여,

내가 너희에게 한 푼씩 적선해야 할지라도

나는 존경과 경탄, 선망의 마음으로

너희를 바라본다.

〈보리수꽃〉

23

여행하면서 모든 것을 우연에 맡기는 것은

아주 좋은 방법이다.

하지만 여행이 즐겁고 가치가 있으려면

확고하고 명확한 내용과

의미가 있어야 한다.

〈여행에 대하여〉

6

이 절벽에 매달려 돌이킬 수 없는 과거와

잃어버린 낙원의 꿈에 고통스러워하며

집착하는 이들은 아주 많다.

잃어버린 낙원의 꿈은

꿈 중에서도 가장 나쁘고

잔혹한데도 말이다. 《데미안》

24

어떤 고통도 환희도 소리치지 않고

모든 것이 속삭이면서

발끝으로 조용히 움직이는,

이런 움츠린 날들은 견딜 만하다.

《황야의 이리》

Herman Hesse

365 | DEC | 12

5

카프카의 작품이 놀랍고 매력적인 이유는 온갖
갈등과 혐오의 가운데에서도 철저하게 작가로서
행동했다는 점, 삶을 숭배하고 찬미한 사람이며
경건한 사람이고 아름다움의 친구이며
묘사의 대가였다는 점 때문이다.

〈프라하 일간지, 1937년 12월 5일〉

25

때때로 충만함과 만족감을 주는 행복한 일이 생긴다.

그것은 정착할 수 있는 고향이 생긴 기분,

꽃과 나무와 대지와 샘물과 친구가 된 기분,

한 뼘 땅과 오십여 그루의 나무들과 화초와 무화과나무,

복숭아나무를 책임지는 기분이다.

〈작은 땅에 대한 책임〉

Hermann Hesse

4

삶은 성찰에 관계없이,

성찰을 무시하고 지나가버린다 해도

진솔한 결단과 생각은 영혼에 기쁨을 남기고,

바꿀 수 없는 운명을 견디는 데 도움을 준다.

《게르트루트》

26

눈이나 몸의 감각으로 자연의 한 부분을 체험할 때,

자연에 매혹되어 황홀한 기분에 젖을 때,

자연의 존재와 계시에 나를 맡길 때,

바로 그 순간에 나는 인간의 탐욕으로

눈이 먼 이 세상을 잊는다.

〈나비에 대하여〉

365 | DEC | 12

수많은 잎들이 떨어져 내렸다.

대여섯 달이나 꽉 붙들고 저항했지만

불과 몇분 만에 아무것도 아닌 한줄기 숨결에 소멸되었다.

이제 때가 되어 더는 인내할 필요가 없어졌기 때문이다.

〈동작과 정지의 조화〉

365 | JAN | 1

27

내 안에서 무언가 저항하기 시작했다.

다시 새롭게 순환하려는 것에,

새로운 생명의 바퀴를 굴리려는 것에,

탐욕스러운 죽음에게 바칠

새로운 먹이를 키우는 것에

저항하기 시작했다. 〈복숭아나무〉

2

살다 보면 힘든 일이 많지만,

때때로 원하는 대로 흘러가며 충만함과

만족감을 주는 행운을 만나기도 한다.

그런 행복은 잠깐이지만 황홀하다.

〈작은 땅에 대한 책임〉

28

인간의 삶은 자기 자신에게 도달해가는 여정이다.

《데미안》

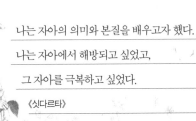

Hermann Hesse

365 | DEC | 12

1

나는 자아의 의미와 본질을 배우고자 했다.

나는 자아에서 해방되고 싶었고,

그 자아를 극복하고 싶었다.

《싯다르타》

29

사람들은 길을 잃을 수도 있고 지칠 수도 있다.

또 실수를 할 수도 있고, 규칙을 어길 수도 있다.

하지만 다시 한 번 그런 방황을 끝내고

돌아오는 길을 발견한다면

결국엔 명인이 될 수 있다.

《유리알 유희》

30

놀랍게도,

인생이라는 유희의 수십만 개의 장기말이

내 주머니에 다 들어 있다는 것을 알게 되자,

그 의미를 어렴풋이 깨달을 수 있었다.

《황야의 이리》

Hermann Hesse

30

한철 유행했다가 사라지는 사회에서는

전통을 계승한 격식 있는 물건들이

아름답고 올바르게 보존되는 것을

기대할 수 없다.

〈잃어버린 주머니칼〉

29

나무는 성전이다.

그들과 이야기하고 그들의 이야기에

귀 기울일 줄 아는 이는

진실에 눈뜨게 된다.

〈나무들〉

31

그것은 어딘가로, 데미안에게로,

먼 곳의 운명에게로 향하고 있었다.

그곳이 어딘지는 전혀 몰랐다.

내가 그 한가운데에 있었으니까.

《데미안》

28

보통 사람은 천재의 도움이 없으면

삶을 유지해나갈 수 없겠지만,

그럼에도 천재를 배척하는 악의적인 적은

있기 마련이고 있을 수밖에 없다.

이 모든 것을 숙명적 불가피성이라 부른다.

〈불가능한 것을 다시 시도하기〉

1

식물 중에는 좋은 것도 있고, 나쁜 것도

있다. 특별한 양분 없이 잘 자라는

식물이 있는가 하면, 양분을 낭비하는

식물도 있다. 자기만족에 도취된

식물이 있는가 하면, 다른 식물에 기생하는

것도 있다. 〈정원에서〉

365 | NOV | 11

27

당신의 슬픔과 어려움을

함께하지 않으려 하고,

그것에 전염되지 않으려 한다고 해서,

내가 당신의 심정을 인정하지 않거나

진지하게 생각하지 않는다는 뜻은 아니다.

《유리알 유희》

2

내가 느낀 것은, 나에게 무슨 일이 닥치든

상관없다는 것을 깨닫고 받아들인 뒤부터

인생은 내게 부드러워졌다는 것이다.

《게르트루트》

Hermann Hesse

365 | NOV | 11

26

새는 알에서 나오기 위해 투쟁한다.

알은 세계다.

태어나고자 하는 자는 세계를 깨뜨려야 한다.

새는 신에게로 날아간다.

그 신은 아브락사스다.

《데미안》

Hermann Hesse

365 | FEB | 2

3

삶이 고달플 때 비로소

사람의 진짜 성격이 나타난다.

〈내면의 부유함〉

Hermann Hesse

365 | NOV | 11

25

남쪽에서 불어온 그 사나운 바람은

포도밭을 전부 헤쳐 놓고, 굴뚝을 무너뜨렸으며,

돌로 만든 내 작은 발코니도 처참하게 망가뜨렸다.

결국에는 나의 늙은 유다나무의 목숨도

앗아가고 말았다.

〈늙은 나무를 위한 애도〉

처음으로 실험하고 탐구하고 발견한다는 것은

정말 아름다운 일이다.

《로스할데》

Hermann Hesse

365 | NOV | 11

24

일생에 한 번뿐인 어린 시절이 삭아

천천히 바스러질 때

그 모든 익숙한 것들이

우리의 곁을 떠나려고 할 때

우리는 우주의 살인적인 추위를 느낀다.

《데미안》

5

적절한 순간에 바라보면

모든 것이 아름답다.

《크눌프》

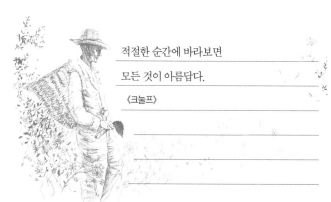

23

내가 느끼는 활력과 내 안에 솟아오르는 기쁨의 감정은

활활 타오르는 불을 오랫동안 바라본 덕분임을

알게 되었다. 불을 바라보는 일은

이상야릇하게도 유쾌하고

마음을 풍요롭게 해주었다.

〈자연의 형태들〉

6

우리는 그 무엇도 두려워해서는 안 된다.

우리의 영혼이 바라는 것이라면,

그 어떤 것도 금지해서는 안 된다.

《데미안》

22

사람들에게는 자신만을 위해서가 아니라

남을 위해 살게 되는 때가 찾아온다.

도덕에 의해서가 아니라

아주 자연스럽게 말이다.

《게르트루트》

365 | FEB | 2

7

우리가 슬플 때, 삶을 더는 견디기 어려울 때,

한 그루의 나무가 말한다. 괜찮아! 슬퍼하지 말고 나를 보렴!

삶은 쉽지 않아. 그렇다고 그리 어려운 것도 아니야.

그런 것들은 모두 어린아이의 생각이야.

네 안의 신이 목소리를 낼 수 있게 해.

그러면 슬픔과 고통은 잦아들 거야. 〈나무들〉

Hermann Hesse

365 | NOV | 11

21

데미안은 우리가 숭배하는 신이란

임의적으로 나뉜 절반의 세계의 신이라고 말했다.

그것이 공식적으로 허락된 '밝은' 세계다.

《데미안》

Hermann Hesse

365 | FEB | 2

8

그는 가질 수 없는 것에 대한 갈망이 없었기에

괴로워하지 않았다.

《게르트루트》

Hermann Hesse

365 | NOV | 11

20

꽃, 열매와 마찬가지로 나무의 잎으로

탄생과 죽음에 대한 상태를 알게 되었다.

모두가 내 친구이며,

그들의 비밀은 나 말고는 아무도 모른다.

나무 하나를 잃는다는 것은 친구 하나를 잃는 일과 같다.

〈늙은 나무를 위한 애도〉

9

거대한 함박꽃나무와 난쟁이 나무는

서로의 대립 따위에 아랑곳하지 않고

자신의 권리를 믿으며

강하고 끈질기게 산다.

〈대립〉

19

저녁이면 싯다르타와 뱃사공은 강가에 있는

나무 그루터기에 앉아 침묵한 채

강물 소리에 귀를 기울이곤 했다.

그것은 그들에겐 단순한 물소리가 아니라

생명의 소리이며, 현존하는 것의 소리이자

영원히 생성하는 것의 소리였다. 《싯다르타》

Hermann Hesse

365 | FEB | 2

10

각자가 완전한 곳으로 가야 한다.

중심을 향해 가려고 노력해야지,

가장자리로 가려고 해선

안 된다.

《유리알 유희》

365 | NOV | 11

18

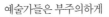

예술가들은 부주의하게

많은 실수를 범하는 것 같아 보이나,

많은 이에게 위로와 기쁨을 선사한다.

이것은 비평과 창작, 학문과 예술 사이의

오랜 싸움이다.

《수레바퀴 아래서》

Hermann Hesse

365 | FEB | 2

11

자신의 행운을 고집과 경솔함으로

놓쳐보지 않은 사람이 어디 있으랴.

〈잠 못 이루는 밤〉

Hermann Hesse

17

죽음에 대항했던 것은 강렬하고 기이했던
체험이었다. 스스로 작고 초라하고 위협당하고
있다는 것을 알면서도 마지막 힘을 다해
죽음에 맞서 절망스러운 싸움을 할 때
아름답고도 지독한 생명의 힘과 끈질김을
느꼈던 것이다. 《나르치스와 골드문트》

12

소명의 책무란 자기 마음대로가 아닌

자신만의 운명에 따라

온전하게 살아내는 것이다.

《데미안》

365 | NOV | 11

16

우리는 내면 깊이

파고들 수 있어야 해.

마치 거북이처럼 말이야.

《데미안》

Herman Hesse

365 | FEB | 2

13

나는 삶을 행복으로 보지 않는다.

행복을 추구해야 한다고도 생각하지 않는다.

삶은 오직 깨어 있는 의식으로

높은 가치를 얻을 수 있는 상태이며

사실이다.

〈외로운 밤〉

15

강물이 그의 여린 몸을 서늘하게 안아줄 때

그의 영혼은 아름다운 고향을 품으며

새삼스레 기쁨을 느꼈다.

《수레바퀴 아래서》

14

고통은 아침의 평온함이 깨지고

유년 시절의 땅에서 영혼이 떠났으며

이제 그것을 다시 찾을 수 없음을

의미했다.

《수레바퀴 아래서》

14

나는 속상한 마음으로 그 모습을

바라보았다. 아, 나무들도 믿을 수 없다니.

나무들도 사라지고 죽어버릴 수가 있다니.

어느 날 갑자기 떠나버리고

저 어둠 속으로 사라져버릴 수 있다니!

〈복숭아나무〉

365 | FEB | 2

15

이 세상에는 끊임없이 싸워서 쟁취하는 평화,

매일매일 새롭게 얻어내야만 하는

그런 평화만 존재한다.

《나르치스와 골드문트》

13

창조물을 관찰하다 보면 자신과 자연의 경계가

흔들리며 무너지는 것을 보게 되고,

이런 형상이 외부의 모습이 망막에 맺혀서

생긴 것인지, 아니면 내면의 인상이 눈앞에

나타난 것인지 알 수 없는 상태를

경험하게 된다. 〈자연의 형태들〉

16

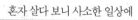

혼자 살다 보니 사소한 일상에

사람 대신 물건들이

점점 더 많이 등장한다.

〈늙은 나무를 위한 애도〉

Hermann Hesse

365 | NOV | 11

12

지식은 전달할 수 있지만, 지혜는 그럴 수가 없다.

지혜를 발견할 수 있고, 체험할 수 있고,

지닐 수 있고, 지혜로 경이로운 일을

행할 수는 있다.

하지만 지혜를 말하고 가르칠 수는 없다.

《싯다르타》

17

당신은 놀라운 사실을 발견하고 있다.

당신을 끌어당기는 거대하고 보편적인 힘을,

작지만 섬세한 자신만의 힘으로

천천히 능숙하게 통제할 수 있다는 것을.

《데미안》

365 | NOV | 11

11

우리가 잠시 머물렀던 장소는

우리가 떠난 후 시간이 지나고 나서야

기억에서 하나의 형태를 얻고

변하지 않는 형상을 갖게 된다.

〈밤나무〉

18

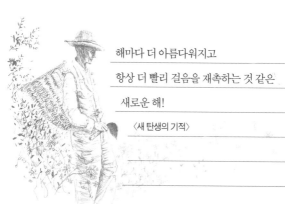

해마다 더 아름다워지고

항상 더 빨리 걸음을 재촉하는 것 같은

새로운 해!

〈새 탄생의 기적〉

10

왜 슬픈 탄식을 명랑하게 들어서는 안 되는 것일까?

왜 웃음 대신 슬픔으로 답해야 하는 걸까.

《유리알 유희》

365 │ FEB │ 2

19

깨달음을 얻었을 때 사람들은

어떤 일의 핵심이나 진리에 가까이

다가가는 것이 아니라, 그 일과 그 일에서

지금 자신의 위치를 파악하고 수행하며

견딜 뿐이다.

《유리알 유희》

Hermann Hesse

365 | NOV | 11

9

세상이 죽음과 공포로 가득 차 있어서,

나는 마음을 달래려고 이 지옥 한가운데 피어 있는

아름다운 꽃을 꺾었던 것이다.

《나르치스와 골드문트》

Herman Hesse

| 365 | FEB | 2 |

20

천국 같은 나의 어린 시절의 정원으로 조용한 손님이 되어

꿈꾸듯 배회한다. 유년 시절의 상쾌한 아침 공기를 들이마시고,

잠시라도 어린 시절에 바라보던 방식으로

세상을 다시 한 번 바라보는 것은 드물게 있는 멋진 일이다.

그 시절에는 우리 안에 힘과 아름다움의 기적이

펼쳐지고 있었기 때문이다. 〈새 탄생의 기적〉

8

어리석은 말들과 지키지 않은 약속,

상처를 주는 행동으로

상대방을 괴롭힌 적이 없는 이가

어디 있겠는가.

〈잠 못 이루는 밤〉

21

성장을 위한 새로운 이상이,

어쩌면 위험하고 서늘한 움직임이

문을 두드리면

아무도 문을 열어주지 않는다.

그때 소수의 사람만이 그것을 받아들인다.

그게 우리가 되어야 한다. 《데미안》

365 | NOV | 11

7

그 변화는 나를 다른 이에게 이끌지도 않았고,

누군가를 나에게 더 가까이 오게 만들지도 않았다.

다만 나를 더 고독하게 만들었을 뿐이다.

《데미안》

Hermann Hesse

365 | FEB | 2

22

천재와 교사들 사이에는

예로부터 깊은 심연이 존재한다.

《수레바퀴 아래서》

6

지금 서로 모른다는 건

앞으로 알게 될 수도 있다는 뜻이다.

산과 골짜기는 가까이 다가갈 수 없지만,

사람은 가능하니까.

《크눌프》

23

바수데바, 그는 소박한 사람이었다.

사상가는 아니었지만 고타마에 못지않게

필연적인 이치들을

잘 알고 있었다.

그는 완전한 자였으며

성자였다. 《싯다르타》

5

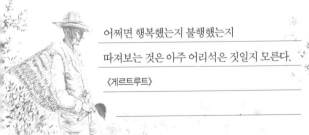

어쩌면 행복했는지 불행했는지

따져보는 것은 아주 어리석은 짓일지 모른다.

《게르트루트》

24

뻐꾸기들은 아는 것이 많으니 녀석에게 배워라!

기쁨을 선사하는 봄날의 비상에서

대담함을 배우고, 구애하는 따뜻한

유혹의 소리와 이리저리 돌아다니는 방랑 생활,

고지대의 여우를 포함해,

속물을 멸시하는 법을 배워라! 〈밤나무 숲의 5월〉

365 | NOV | 11

4

오래 입은 옷가지나 모자,

지팡이와 헤어져야 하거나

오래 살던 집을 떠나야 할 때

불안하고 가슴에 통증마저 느낀다.

심각한 절연이나 이별 후는

두말할 것도 없다. 〈잃어버린 주머니칼〉

Hermann Hesse

365 | FEB | 2

25

창조물들을 관찰하고 있노라면

비합리적이고 거칠고 이상한 자연의 형태에

몰두하게 되고, 이 형태를 만들어낸 의지와

우리의 본질이 서로 일치한다는

느낌을 받는다.

〈자연의 형태들〉

365 │ NOV │ 11

3

한 그루의 나무는 말한다.

나의 힘은 믿음이라고.

〈나무들〉

26

깨달은 인간에게는 한 가지 의무만이 존재한다.

자기 자신을 찾고, 그 안에서 단단해지는 것,

어디로 향하든 자신만의 길을

더듬어 나아가는 것이다.

《데미안》

처음으로 나는 죽음의 쓰디쓴 맛을 맛보았다.

죽음은 탄생이며, 새로운 삶에 대한

불안과 공포였다.

《데미안》

27

지붕에서 얼음이 녹아 흘러내린다.

겨울이라는 갑옷 속에 작은 벌레가

숨어 있다. 이 작은 파괴자는

구멍을 뚫으며 봄을 재촉한다.

탁, 탁, 탁, 소리를 내며.

〈베른 고지대의 오두막에서〉

365 | NOV | 11

1

숨결처럼 부드러운 바람이 가볍게
불어왔을 뿐인데, 그토록 오래 아껴뒀던
잎들이 단숨에 떨어져 내렸다.
오래 견디느라 지쳐서,
반항과 용기에 지쳐서, 소리 없이 쉽게
스스로 떨어졌다. 〈동작과 정지의 조화〉

365 | FEB | 2

28

숲은 아치 모양을 이루고

먼 산봉우리는 부르니,

이제 장화를 신고 가방을 들고

낚싯대와 노를 갖추고는

새로운 해를 온갖 감각으로

기뻐할 시간이 되었다. 〈새 탄생의 기적〉

365 | OCT | 10

31

시간은 참으로 정교하면서도 묘한 발명품이다.

그것은 더욱 깊은 고통을 주고,

세상을 더 힘들고 복잡하게 만든다.

〈두려움 극복〉

1

삼일절

거대한 새가 알에서 나오려고 투쟁한다.

알은 세계이며 그 세계는

파멸되어야만 한다.

《데미안》

30

사람은 나이가 들면 청춘의 시절보다 더 만족한다.

그렇다고 청춘을 깎아내리고 싶지는 않다.

청춘은 꿈을 꿀 때마다 아름다운 가곡으로

들려오고, 실제 겪었던 것보다

훨씬 더 순수하고 맑게 울려 퍼진다.

《게르트루트》

2

산책을 좋아하는 사람들,

일요일마다 자연을 찾는 애호가들에게

드디어 좋은 시절이 돌아왔다.

이제 그들은 이곳저곳을 다니며

생명이 싹트는 기적을 만끽할 수 있다.

〈정원에서〉

Herman Hesse

365 | OCT | 10

29

햇살 아래 서 있는 나무, 바람에 깎인 돌, 동물,

산은 각자의 삶과 역사를 갖고 있다.

그들은 살고 견디고 저항하고 즐기고 죽어가지만,

우리는 그것을 이해하지 못한다.

《페터 카멘친트》

Hermann Hesse

365 | MAR | 3

3

어려움에 빠져 길을 잃어서

바로잡아야 할 때일수록,

사람들은 올바른 길로 가도록

도움을 받는 것에

심한 거부감을 갖기 마련이다.

《유리알 유희》

28

맛볼 수도 없고 만질 수도 없지만,

삶의 익숙한 외적 지지대가

없어지거나 무너졌을 때

비로소 그것의 참모습과

진가가 드러난다.

〈내면의 부유함〉

Hermann Hesse

365 | MAR | 3

4

모든 상징은 백 가지로 해석되며

그 각각이 모두 옳을 수 있다.

《카라마조프 가의 형제들》도 백 가지로

해석되며, 내 해석은 그중 하나일 뿐이다.

〈새 전망, 1920년 3월〉

365 | OCT | 10

27

완전한 가르침을 찾으려 하지 말고

스스로의 완성을 추구해야 한다.

신성은 개념이나 책 속에 있는 것이 아니라

네 안에 존재한다.

《유리알 유희》

Hermann Hesse

365 | MAR | 3

해마다 이맘때면 초조함과 갈망을 품고 숨어서 엿보게 된다.

새로운 탄생의 기적이 열릴 것이라는 듯이,

특별한 순간이 꼭 일어날 것이라는 듯이, 한 시간 동안

대지에서 피어나는 생명의 웃음소리와 어리고 위대한 싹을

빛을 향해 밀어 올리는 힘과 아름다움의 계시를

온전히 체험할 수 있을 것이라는 듯이. 〈새 탄생의 기적〉

26

예술은 언제나 믿음, 사랑, 위로와 아름다움,

영원에 대한 예감의 씨앗을 뿌리고

좋은 땅을 찾아 일군다.

《수레바퀴 아래서》

6

나무들은 학설이나 특별한 비법을 설교하지 않는다.

사사로운 것에 연연하지 않고

삶의 근원 법칙을 이야기한다.

〈나무들〉

365 | OCT | 10

25

나는 기쁜 마음으로 찬미한다. 너는 우리보다 훨씬 멋지고

아름답게 나이 들었고, 우리보다 가치 있는 죽음을 맞이했다.

우리는 노년에 악취로 가득한 세상의 독과 불행에 맞서야 하고,

숨을 쉴 때마다 사방에 퍼진 썩은 부패물 속에서

깨끗한 공기를 얻기 위해 싸워야 하기 때문이다.

〈복숭아나무〉

7

그 누구도 두려워해서는 안 된다.

만약 누군가가 두렵다면, 그건 그 사람에게

그럴 만한 힘을 쥐어주었기 때문이다.

《데미안》

365 | OCT | 10

24

그가 복종해야 했던 대상은

스승도, 미래도, 궁핍한 생활도 아니었다.

오로지 예술이었다.

《나르치스와 골드문트》

Hermann Hesse

| 365 | MAR | 3 |

가장 아름다운 것은 사람들로 하여금

기쁨뿐만 아니라 슬픔이나 두려움도 느끼게

하는 것이라고 생각한다.

《크눌프》

23

여행의 서정성은 친숙한 일상의 단조로움,

일과 스트레스에서 벗어나 휴식하는 데

있지 않다. 다른 사람과 우연히 만나고

다른 풍경을 감상하는 데에도 있지 않다.

그렇다고 호기심을 충족하는 것에

있는 것도 아니다. 〈여행에 대하여〉

Hermann Hesse

| 365 | MAR | 3 |

9

유년 시절에 더할 나위 없는 기쁨을

선사했던 책들은 훗날 다시 읽어서는 안 된다.

예전의 빛나는 광채는 더 이상 존재하지 않고

애처롭고 우스꽝스러워 보인다는 것을

나는 아쉽게도 일찍이 알았고 아프게 경험했다.

〈뮌헨 신문, 1910년 3월 9일〉

365 | OCT | 10

22

아버지는 자식에게

코와 두 눈과 심지어 이성까지

물려줄 수 있다.

그러나 영혼은 아니다.

〈크눌프〉

10

경청하는 법을 가르쳐준 것은 강이었다.

당신도 강에게 배우게 될 것이다.

강은 모든 것을 알고 있기에

우리는 강으로부터 모든 것을 배울 수 있다.

《싯다르타》

21

우리는 절망 속에 산다.

따라서 깨어 있는 사람은

모두 신과 무[無] 사이를 오간다.

〈밤의 사색〉

Hermann Hesse

365 | MAR | 3

11

내 방에서 보이는 계단식 지형과 덤불과 나무들이

내 방과 물건들보다 더 많이 내 삶 속에

들어와 있다. 그들은 나의 가장 가까운

이웃들이며 믿음직스러운 진짜 친구들이다.

〈늙은 나무를 위한 애도〉

20

커다란 함박꽃나무는 아름답긴 해도

늘 내 친구는 아니다. 내가 적대감을 품고

그 나무를 바라보는 계절들이 있기 때문이다.

그 나무는 자라고 또 자라 내 이웃이 된 지

십여 년 만에 너무 커져서 봄과 가을철의

아침 햇살을 내 발코니에서 빼앗아간다. 〈대립〉

12

어떤 것이 진리인지,

어떻게 삶을 살아가야 할지는

각자가 스스로 깨달아야지

책에서 배울 수 있는 것은 아니다.

《크눌프》

19

지금껏 안전한 삶으로

안내받았던 젊은이라 해도

이제부터는 스스로의 힘으로

길을 찾아 나와야 하는 것이다.

《수레바퀴 아래서》

365 | MAR | 3

13

지나가버린 삶과 잊지 못할 삶은,

내가 사랑했던 모든 사람과 더불어

그 어떤 것과도 결코 바꿀 수 없는 것이다.

《페터 카멘친트》

18

우리는 인격의 경계를 너무 좁게 잡고 있다.

개인의 것이라고 구분 짓고

다르다고 인식하는 것만을

우리의 인격이라고 여긴다.

《데미안》

365 | MAR | 3

14

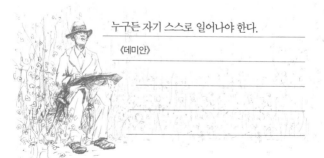

누구든 자기 스스로 일어나야 한다.

《데미안》

17

마치 나의 모든 비밀의 뿌리가

잘려나간 느낌이었고, 화창한 날에

누군가가 뱉은 침에 맞은 기분이었다.

〈뿌리 뽑히다〉

15

나는 자연 본래의 마법에,

자연의 거칠고 숨겨진 깊은 언어에

마음을 빼앗겼다.

〈자연의 형태들〉

365 | OCT | 10

16

'깨달음'에서 중요한 것은 진리와 지식이 아니라,

현실과 현실세계의 체험,

그리고 그것을 견디며 살아내는 일이다.

《유리알 유희》

16

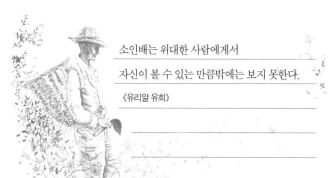

소인배는 위대한 사람에게서

자신이 볼 수 있는 만큼밖에는 보지 못한다.

《유리알 유희》

15

이 세상의 목적에 동조하지 않고 이곳의 기쁨에

아무런 감흥이 없는 내가 어떻게

세상 한가운데의 황야의 이리,

남루한 은둔자가

되지 않을 수 있겠는가!

《황야의 이리》

365 | MAR | 3

17

나는 투쟁을 버리고 고통을 택하는

길을 찾아냈고,

부정적이지 않은 인내의 의미를 깨달았으며,

공자와 소크라테스와 그리스도교가 권하는

'미덕'을 발견했다.

〈밤의 사색〉

Hermann Hesse

365 | OCT | 10

14

모든 것을 보는 동안에는

우연한 것이나 본질적인 것이

거의 똑같이 중요하게 느껴지지만,

시간이 지나고 나면

중요하지 않은 것들은 사라져버린다.

〈밤나무〉

18

거짓과 물질적 탐욕, 이성을 잃은 믿음과 야비함이

난무하는 이 시대에 내가 살아 있다는 것은

다행스럽게도 두 가지 요인 덕분이다.

한 가지는 내면에 지니고 있는 천성이라는 위대한 유산이고,

또 한 가지는 시대에 맞서 불평도 하지만 생산적일 수 있는

나의 직업 때문이다. 〈파랑 나비〉

13

나는 아무것도 책임질 필요 없이

즐겁게 노는 아이들이 부럽지 않고,

벌들의 비틀대는 날갯짓도 부럽지 않다.

오직 방랑자들만이 부러울 따름이다.

그들은 모든 것들의 향기와 꽃을 누린다.

〈보리수꽃〉

Hermann Hesse

365 | MAR | 3

19

나는 사람들에게로 가는 어떤 다리든 찾아야 했다.

패배자로 머무르지 않고

그들과 어떻게든 함께 살아갈

방법을 찾아야 했다.

《게르트루트》

Hermann Hesse

12

괴테의 소설은 풍부하고 뛰어난 전통과 문화의 계승자이고

행운의 후계자다. 그 어떤 독일의 소설보다도

훗날 모든 문학의 모범이자 자명종이었으며 자극제였다.

지금까지 그 어떤 소설도 괴테의 소설을 뛰어넘지

못했을 뿐더러 그 수준에 도달하지도 못했다.

〈괴테 전집 제18권〉

365 | MAR | 3

20

모든 자연, 모든 성장, 모든 평화, 모든 번영,

이 세상의 모든 아름다움은

인내에 바탕을 두고 있다.

인내는 시간과 침묵과 신뢰를

필요로 한다.

〈헤세의 일기〉

11

그 깨달음은 행복감을 주기는 했지만,

즐겁지는 않았다. 그것은 가혹했고

쓸쓸한 느낌이었다. 책임감을 가져야 하며,

더 이상 아이일 수 없으며,

홀로 자립해야 한다는 의미가 깃들어

있었기 때문이다. 《데미안》

365 | MAR | 3

21

내가 가장 아끼던 커다란 늙은 너도밤나무가 얼마 전에 베였다.

톱질로 잘린 나무 몸통의 토막들과 줄기들이

마치 신전의 기둥처럼

묵직하고 위협적인 모습으로

놓여 있었다.

〈동작과 정지의 조화〉

365 | OCT | 10

10

1946년 헤르만 헤세
노벨문학상 수상자로 선정

참된 유리알 유희자는,

잘 익은 과일이 달콤한 과즙으로

가득 찬 것처럼

명랑성으로 가득 차 있어야 한다.

〈유리알 유희〉

365 | MAR | 3

22

비참함 속에 고립되고 마비되어 삶을 응시하고,

삶의 거칠고도 아름다운 잔혹함을 더 이상

이해하지 않고, 삶을 더 이상 원하지 않게

되었을 때, 비로소 우리는 이 무섭고 위대한 작가,

도스토옙스키의 음악을 받아들인다.

〈포스 신문, 1925년 3월 22일〉

9

한글날

나는 사색할 수 있습니다.

나는 기다릴 수 있습니다.

나는 단식할 수 있습니다.

《싯다르타》

365 | MAR | 3

23

불행하다는 것은 부끄러운 일이다.

자신의 삶을 어느 누구에게도 보여주지 않고

뭔가를 은폐하고 꾸미려 한다는 것은

수치스러운 일이 아니겠는가.

《로스할데》

8

모든 인간의 이야기는

소중하고 영원하며 신성하다.

《데미안》

365 | MAR | 3

24

우리는 산과 강, 하늘을

홍미로만 바라보고

평가해서는 안 된다.

〈자연의 향유〉

7

사람들은 묘비가 되어버린 그루터기에서

나무가 살아온 모든 역사를 읽을 수 있다.

나이테와 아문 상처에는 그동안의 투쟁과

고통, 질병, 행운, 번영이 고스란히 박혀 있다.

〈나무들〉

25

나는 네가 더 똑똑하거나

어리석다는 것도 아니고,

네가 더 낫다거나 못하다는 것을

말하는 게 아니다. 단지 너와 내가

다르다는 것을 이야기하는 것이다.

《나르치스와 골드문트》

365 | OCT | 10

6

그는 어쩌면 모든 예술과

모든 정신의 근원은

죽음에 대한 두려움일 것이라고

생각했다.

《나르치스와 골드문트》

Hermann Hesse

365 | MAR | 3

26

내 안에서 외치는 삶의 목소리를 따르는 것,

설사 그 뜻과 목적을 알지 못한다 해도

즐거운 길에서 멀어져 어둡고

불확실한 길로 이끈다 해도,

그것을 따르는 것이 내게 주어진 일이다.

〈보리수꽃〉

5

스스로 생각하고 주체적으로 판단하는 데

나태한 사람은 금지된 것에 그냥 그렇게

순응하고 만다.

《데미안》

27

영혼이 더럽혀지는 것보다

차라리 육체가 열 번 상하는 게 낫다.

《수레바퀴 아래서》

4

젊은 시절,

사랑을 거절당하고 호의를 의심받아

사랑하는 사람을

힘들게 하지 않은 사람이 어디 있으랴.

〈잠 못 이루는 밤〉

28

그대를 날게 한 도약은 우리 모두가

가지고 있는 위대한 인류의 자산이다.

그건 모든 힘의 뿌리에 연결되어 있는 듯한

느낌이다.

하지만 어떤 면에서는 두렵기도 하다.

엄청나게 위험하기 때문이다. 《데미안》

3

개천절

신은 우리를 죽음에 이르게 하기 위해서가 아니라,

우리 안의 새로운 생명을 소생시키기 위해

절망을 보낸 것이다.

《유리알 유희》

Hermann Hesse

365 | MAR | 3

29

큰 시련이 다가와도 순순히 받아들이고

진지하게 살고자 애쓸 것이다.

암울했던 날의 기억도 아름답고

성스러운 추억임을 알기 때문이다.

〈당신은 정말 행복한가〉

365 | OCT | 10

2

나는 고뇌와 좌절과 우울이 우리를 망치고

가치 없게 만들기 위해서가 아니라,

우리를 성숙시키고 아름답게

만들기 위해 존재한다는 것을

이해하기 시작했다.

《페터 카멘친트》

Hermann Hesse

| 365 | MAR | 3 |

30

내가 관심을 갖는 건

인생에서 내 자신에게 도달하기 위해

내딛은 발걸음뿐이다.

《데미안》

Hermann Hesse

365 | OCT | 10

1

국군의 날

주머니칼을 잃어버렸다는 것이

나를 이토록 슬프게 하다니, 좋지 않은 징조다.

나는 잠시라도 애착을 갖고 있던 물건에

집착하는 괴상한 습관이 있다.

아무리 고치려 해도 잘 안 된다.

〈잃어버린 주머니칼〉

Hermann Hesse

| 365 | MAR | 3 |

31

어떤 이들은 자연에게 아무런 혜택을 받은 게 없고,

자연과 아무런 관계가 없다고 말한다. 그렇게 말하는 이들도

이른 봄볕에 기분이 좋아지고, 여름날 강한 햇볕과 무더움에

의욕이 줄고 게을러지며, 한겨울 눈보라가 불면 온몸이

서늘해진다. 그것을 느끼는 것만으로 이미 자연을

향유하고 있는 셈이다. 〈자연의 향유〉

Hermann Hesse

365 | SEP | 9

30

문명은 자연을 해치지 않고는 있을 수 없다.

문명화된 인간이 지구를 점점

시멘트와 철근으로 이뤄진,

지루하기 짝이 없고 생기 없는 모습으로

바꾸어놓기 때문이다.

〈불가능한 것을 다시 시도하기〉

Herman Hesse

365 | APR | 4

1

인생은 진지한 일들과 깊은 감동 곁에

가소롭고 우스운 일을 놓아두는 걸 좋아한다.

《페터 카멘친트》

Hermann Hesse

365 | SEP | 9

29

여행하고 싶은 이 지독한 욕구는, 세계를 내 머리 위에

두고 싶어 하는 욕구이며, 모든 사물과 인간과 사건에 대한

해답을 찾고 싶은 위험한 욕구다. 이것은 계획을 세운다거나

책을 읽는다고 해서 충족되는 것도 아니다.

오히려 더 많은 것을 요구하며 더 많은 대가를 치르고

혼신을 바쳐야 하는 일이다. 〈여행에 대하여〉

2

우연이란 존재하지 않는다.

만약 누군가가 간절하게 원했던 것을 찾게 된다면

그건 우연이 아니다.

자신의 열망과 필요가

그리로 이끈 것이다.

《데미안》

365 | SEP | 9

28

이 거대한 세계는 이제 현실이 되었고,

그는 이 세계의 일부가 되었다. 그 속에 그의

운명이 놓여 있었고, 세계의 하늘은 곧

그의 하늘이 되었으며, 세상의 날씨가 그의 날씨였다.

이 거대한 세계에서 그는 작은 존재였다.

《나르치스와 골드문트》

365 | APR | 4

3

어린 시절에는 봄이 얼마나 길었던가,

끝나지 않을 것처럼 길었던가!

〈새 탄생의 기적〉

365 | SEP | 9

27

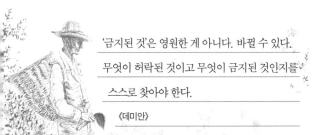

'금지된 것'은 영원한 게 아니다. 바뀔 수 있다.

무엇이 허락된 것이고 무엇이 금지된 것인지를

스스로 찾아야 한다.

《데미안》

4

밤에 어디선가 벌어지는 불꽃놀이만큼

멋진 것은 없다. 청색과 녹색의 조명탄이

어둠 속에서 솟구쳐 올라 가장 아름다운 순간에

작은 곡선을 그리며 사라져버리기 때문이다.

《크눌프》

365 | SEP | 9

26

숨을 내던지고 싶은 마음이 매번 솟구치지만
인격과 시간을 초월하는 내면의 무언가에 의해
저지당한다. 그리하여 영웅적이지 않은
나약한 행동이 오히려 용감한 것이 되고,
미래를 믿는 전통적 미덕을 조금
구해내게 된다. 〈밤의 사색〉

| 365 | APR | 4 |

5

식목일

나무는 말한다.

내 안에는 핵심이, 불꽃이, 생각이 숨어 있지.

나는 영원한 생명으로 이루어진 생명이다.

〈나무들〉

25

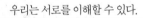

우리는 서로를 이해할 수 있다.

하지만 스스로의 의미를

해석하는 것은

자기 자신만이 할 수 있다.

《데미안》

Hermann Hesse

| 365 | APR | 4 |

6

글을 쓰는 것은 좋은 일이나,

사색하는 것은 더 좋은 일이다.

영리한 것은 좋은 일이나,

꾸준히 견디는 것은 더 좋은 일이다.

《싯다르타》

Hermain Hese

| 365 | SEP | 9 |

24

인내는 어렵다.

인내는 인간에게 가장 어려운 고행인 동시에

배울 가치가 있는 일이다.

〈헤세의 일기〉

Hermann Hesse

365 | APR | 4

7

클링조어의 정원 한가운데

커다란 나무 한 그루가

밝은 장밋빛 꽃을 눈부시게

피우고 있었다.

그 나무의 이름을 물었더니,

유다나무였다. 〈늙은 나무를 위한 애도〉

365 | SEP | 9

23

나의 작품이 서서히 반향을

일으키기 시작하면서,

나는 내 안의 힘을 감지하기 시작했고

금방 자만해졌다.

《게르트루트》

8

진리는 분명히 존재한다.

하지만 당신이 갈망하는

절대적이고 완전하고 지혜롭게 만드는

그런 가르침은 존재하지 않는다.

《유리알 유희》

Herman Hesse

| 365 | SEP | 9 |

22

기술과 산업이 이 땅을 정복하기

이전 시대의 사람들은 자연의 신비로운

표정을 느끼고 이해했을지 모른다.

그 시대의 사람들은 오늘날 우리보다

쉽고 순수하게 자연을 받아들였을 것이다.

〈나비에 대하여〉

| 365 | APR | 4 |

9

절망이란 인간의 삶을 이해하고

정당화하려는 진지한 노력의 결과다.

〈언제나 새롭게〉

365 | SEP | 9

21

불을, 구름을 바라보라.

예감이 떠오르고 영혼의 목소리가

들려오기 시작할 것이다.

그 소리에 자신을 맡겨보라.

《데미안》

365 | APR | 4

10

처음으로 외부 세계가

나의 내면세계와 완벽한 화음을 이루었다.

마치 영혼의 축제 같았고,

그때가 살 만한 가치가 있었다.

《데미안》

20

나를 대신하여 너는 어리석은 짓을 했고

조롱을 받았다. 네 안에서 나도 조롱받았고

네 안에서 나도 사랑받았던 것이다.

《크눌프》

11

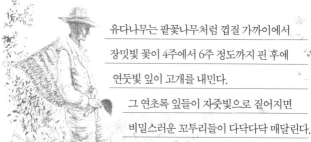

유다나무는 팥꽃나무처럼 껍질 가까이에서

장밋빛 꽃이 4주에서 6주 정도까지 핀 후에

연둣빛 잎이 고개를 내민다.

그 연초록 잎들이 자줏빛으로 짙어지면

비밀스러운 꼬투리들이 다닥다닥 매달린다.

〈늙은 나무를 위한 애도〉

19

함박꽃나무는 수액을 빨아들여 부풀어 올라

꽃향기를 숨막히게 뿜어낸다.

하지만 난쟁이 나무는

자기 자신 속에 침잠해 있다.

〈대립〉

12

평화라는 것이 있기는 하지만,

우리 마음속에 자리잡고 우리 곁을 떠나지 않는

그런 평화는 존재하지 않는다.

《나르치스와 골드문트》

18

밤나무가 어떤 모습이 될 수 있는지

사람들이 알게 된다면!

얼마나 짙은 그림자를 드리우는지,

여름이면 얼마나 풍만하게 부풀어 오르는지,

가을이면 황금빛 잎이 얼마나 두툼하고

부드럽게 바닥을 덮는지를 말이다. 〈밤나무〉

365 | APR | 4

13

자연의 언어를 이해하는 감각과 곳곳에서 움트는

다양한 생명을 보고 기뻐하는 감성, 다양하고 복합적인

자연의 언어를 어떤 식으로라도 해석하고 싶어 하는 충동과

그 언어에 화답하고 싶어 하는 강한 충동은

인간의 역사만큼이나 오래되었다.

〈나비에 대하여〉

Hermann Hesse

365 | SEP | 9

17

잠깐이라도 다시 한 번,

포근하고 향기로운 여름밤에

건초더미에서 잠들고,

방랑하다가 숲의 새들과 도마뱀,

딱정벌레와 어울려 지내는 시간을

가질 수 있다면! 〈보리수꽃〉

365 | APR | 4

14

시간이 허락하거나 기분이 좋을 때면 촉촉한 잔디밭에

오래 누워 있거나, 주위의 튼튼한 나뭇가지에

누워 몸을 흔들며 진한 꽃봉우리와

갓 나온 송진의 향기를 맡는다. 그리고

얽히고설킨 초록빛 나뭇가지들과 푸른색

하늘이 엉켜 있는 것을 바라본다. 〈새 탄생의 기적〉

365 | SEP | 9

16

우리는 미켈란젤로의 그림과 모차르트의 음악,

토스카나 대성당이나 그리스 신전을 보면서 확인하고

확신한다. 그것은 인류의 문화가 가진 확고한 통일성과

불멸성의 의미에 대한 갈망이다. 이것은 우리가 명확하게

의도하지 않았다고 해도 여행에서 특별히 내면적으로

향유하는 것들이다. 〈여행의 나날들〉

Hermann Hesse

| 365 | APR | 4 |

15

한 장소가 우리에게 남겨준 인상에는

많은 것이 들어 있다. 물과 암벽, 지붕과 광장 등.

나의 경우에는 나무들이 가장 많았다.

〈밤나무〉

15

자연에 무의식적으로 다가가 다시

어린아이가 되고 땅의 벗이자 형제가 되어

식물과 바위와 구름을 느껴보기 위해서

예술가들은 옛날부터 게으름을 피우며

살아갈 필요를 느낀다.

〈게으름의 기술〉

16

두 소년의 우정은 독특했다. 그것은 하일너에게는 오락이자

사치였으며, 편안함 또는 변덕이었다.

하지만 한스에게는

자랑스럽게 지키고 싶은

보물이자 감당하기 힘든

짐이었다. 《수레바퀴 아래서》

Hermain Hese

365	SEP	9

14

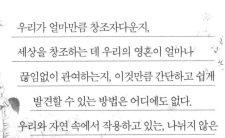

우리가 얼마만큼 창조자다운지,

세상을 창조하는 데 우리의 영혼이 얼마나

끊임없이 관여하는지, 이것만큼 간단하고 쉽게

발견할 수 있는 방법은 어디에도 없다.

우리와 자연 속에서 작용하고 있는, 나뉘지 않은

신성은 동일한 것이기 때문이다. 《데미안》

Hermann Hesse

365 | APR | 4

17

'투쟁'에서 어떠한 매력을 느끼지 못하자

나는 투쟁 대신 고결하게 고통받으며

침묵을 택한 이들을 사랑하게 되었다.

〈밤의 사색〉

Herman Hesse

365 | SEP | 9

13

오래 알고 지내던 친구의 자리가

빈자리가 되었다.

그 작은 세계에 균열이 생기고,

그 균열을 통해

공허, 어둠, 죽음, 공포를 들여다본다.

〈복숭아나무〉

Hermann Hesse

365 | APR | 4

18

나는 가끔 열쇠를 찾아내

내면 깊은 곳으로 들어간다.

그곳엔 운명의 형상들이 어두운 거울 속에

잠들어 있다. 《데미안》

12

글자나 낱말들로는

어떤 것도 표현할 수 없다.

《나르치스와 골드문트》

Hermann Hesse

365 | APR | 4

19

올빼미는 수줍음이 많아 잘 눈에 띄지 않고

구름처럼 소리 없이 난다. 게다가

날카롭고 강한 발톱과 부리를 가진

맹금류여서 인간은 물론 다른 동물들보다

더 영리하다.

〈밤나무 숲의 5월〉

11

나에게는 위대한 시를 통해

오늘날의 사람들이 관대하고 말이 없는

자연의 삶에 가까워지고

사랑하도록 만들고 싶은 꿈이 있었다.

《페터 카멘친트》

20

외국의 풍경과 도시에서 유명하거나

눈에 띄는 것만 찾지 않고 본질적이고

심오한 것을 깊게 이해하려는

사람들이 있다. 그런 사람들의 기억에는

우연과 사소한 일들이

특별하게 빛날 것이다. 〈여행에 대하여〉

Hermann Hesse

365	SEP	9

10

사람들이 애써 기다리고 돌보고

가지치기하는 걸 싫어하고

힘들게 가꾼 정원을

아무도 바라지 않는 시대가 왔을 때,

나무들은 스스로의 힘으로 자라게 되었다.

〈붉은 잎 너도밤나무〉

Hermain Hesse

| 365 | APR | 4 |

21

우리는 휴식조차 마음을 졸이며 바쁘게 보낸다.

일할 때와 거의 똑같이, 가능한 한 많이,

가능한 한 빠르게'가 목표가 되었다.

그 결과 쾌락은 더 커졌지만

기쁨은 오히려 줄어들고 말았다.

〈작은 기쁨들〉

9

길가에 핀 꽃이나 작은 벌레 한 마리가

도서관을 가득 채운 책들보다

더 많은 것을 이야기해주고

더 많은 의미를 담는다.

《나르치스와 골드문트》

22

나무들의 우듬지에서는

세계가 속삭이고,

뿌리는 무한성에 잠들어 있다.

〈나무들〉

8

음악이란 단지 정신적인 진동이나

추상화된 음의 전개로만 이뤄지는 것이 아니다.

《유리알 유희》

Herman Hesse

23

싯다르타에게는 한 가지 목표밖에 없었다.

그것은 모든 것을 비우는 것이었다.

갈증으로부터 벗어나고, 꿈으로부터 벗어나고,

기쁨과 번뇌로부터 벗어나

자신을 비우는 것이었다.

《싯다르타》

7

자연이 창조한 인간은 종잡을 수 없고

속을 들여다볼 수 없는 위험한 존재다.

미지의 산에서 쏟아져 내려오는 강이며,

길도 질서도 없는 원시림이다.

《수레바퀴 아래서》

Hermann Hesse

365 | APR | 4

24

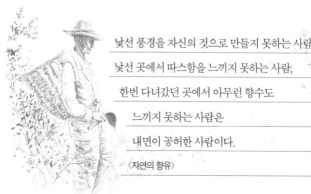

낯선 풍경을 자신의 것으로 만들지 못하는 사람,

낯선 곳에서 따스함을 느끼지 못하는 사람,

한번 다녀갔던 곳에서 아무런 향수도

느끼지 못하는 사람은

내면이 공허한 사람이다.

〈자연의 향유〉

| 365 | SEP | 9 |

6

우리는 삶에서 청춘과 노년 사이에 경계를

정확하게 그을 수 있다.

청춘은 이기심이

없어지면서 끝나고,

노년은 이타적인 삶을 살면서

시작된다. 《게르트루트》

| 365 | APR | 4 |

25

이제 내 마음에서 삶에 대한 동경이,

아니 그보다 사랑에 대한 동경이 피어났다.

《데미안》

Hermain Hese

| 365 | SEP | 9 |

5

오늘날의 산업은 사람들이 일하거나

여가를 즐길 때

사용하는 물건에 애착심을 갖지 않고

자주 바꾸게 함으로써 존재의

기반을 다진다.

〈잃어버린 주머니칼〉

Hermann Hesse

365 | APR | 4

26

나는 내 작은 집 벽에 꽂혀 있는 많은 책들을

제일 좋아한다. 책들은 내가 눈뜰 때와 잠들 때,

밥 먹을 때나 일할 때, 좋은 날이든 궂은 날이든

친구가 되어주는 친밀한 얼굴들이다. 내가 고향 집에 있다는

즐거운 착각에 빠지게 해주는 존재들이다.

〈늙은 나무를 위한 애도〉

4

만약 네가 나쁜 짓을 저질렀고

그걸 상대방이 알게 된다면,

그 사람은 너를 지배할 힘을 갖게 된다.

《데미안》

Hermann Hesse

| 365 | APR | 4 |

27

사람들이 나를 좋아하지 않을지는 몰라도

내 작품을 사랑하지 않을 수는 없을 것이다.

《게르트루트》

Hermann Hesse

365 | SEP | 9

3

나무는 말한다.

내 피부의 맥과 형태는 세상에서 단 하나뿐이며,

우듬지에 난 가장 작은 잎사귀의 장난도,

껍질에 난 자그마한 흉터도 세상에 하나밖에 없다.

나의 직무는 명백한 유일무이함으로 영원성을 형상화하고

보여주는 것이다. 〈나무들〉

Hermann Hesse

365 | APR | 4

28

오래전 단단해진 나무뿌리, 갖가지 색의 광맥들,
물 위에 떠다니는 기름얼룩들, 유리에 난 균열들.
이 모든 것이 때때로 나에게 굉장한 마법을
부렸다. 무엇보다 물과 불, 연기와 구름,
먼지 그리고 눈을 감으면 보이는
빙글빙글 도는 색깔들이 그랬다. 〈자연의 형태들〉

Herman Hesse

365 | SEP | 9

2

도마뱀은 볕이 잘 드는 돌 위에 납작 엎드려

햇살을 쬐고 있다.

짐처럼 매달려 있던 시든 장미꽃이

소리 없이 떨어지자,

가벼워진 장미 가지가 살짝 튕겨 오른다.

〈여름과 가을 사이〉

Herman Hesse

365 | APR | 4

29

우리가 살아가고 있는 삶의 한가운데에서, 이렇게 지나친

만족 속에서, 정신을 상실한 시대 속에서,

이런 건물과 돈벌이와 정치와

이런 사람들 속에서

신의 증거를 발견하기란

어려운 일이다. 《황야의 이리》

모든 사람은 저마다 영혼을 가지고 있다.

하지만 다른 누군가의 영혼과 섞일 수는 없다.

〈크눌프〉

| 365 | APR | 4 |

30

운명과 기질은 동일한 개념의 다른 이름이다.

《데미안》

365 | AUG | 8

31

나는 지금까지 겪었던 모든 일이 우연이며,

아직도 내 존재와 인생에 독자적인 토대가

깊이 만들어져 있지 않다는 것을 알지 못했다.

《페터 카멘친트》

365 │ MAY │ 5

1

근로자의 날

낮에 하늘을 쳐다보고 활력 넘치는 생각을

단 한 번도 해보지 못한 사람보다

더 불쌍한 이는 없다.

〈내면의 부유함〉

30

일상의 피로를 씻고

지친 몸을 추스르게 하는 것은

거창한 쾌락이 아니라 작은 기쁨이다.

〈작은 기쁨들〉

2

저녁 무렵,

바람에 흔들리는 나무의 소리가 들리면

방랑벽이 내 마음을 뒤흔든다.

〈나무들〉

Herman Hesse

365 | AUG | 8

29

우연한 일들이 우리에게 장난을 치지만,

우리 인간에게는 자비와 이성이 존재한다.

한순간일지라도 우리는 운명보다

강해질 수 있다.

《게르트루트》

365 | MAY | 5

3

인간은 자연이 만들어내는

모든 것을 원한다.

〈정원에서〉

Hermain Hesse

365 | AUG | 8

28

데미안은 사람들이 모든 세계를

숭배할 수 있어야 하기에 신인 동시에

악마인 신을 갖거나, 신에 대한 예배와

악마에 대한 예배를 나란히 올려야

한다고 했다. 신인 동시에 악마인

아브락사스가 바로 그 신이었다. 《데미안》

4

순식간에 꽃들이 곳곳에 피어나고,

나무들은 어린 잎과 비눗방울 같은

흰 꽃을 피우며 광채를 낸다.

〈새 탄생의 기적〉

Hermann Hesse

| 365 | AUG | 8 |

27

일찍 시든 포도 잎이 햇빛을 받아 말라비틀어지고,

황금빛을 띤 조그마한 거미가 거미줄에 매달려

나무에서 살금살금 내려온다.

〈여름과 가을 사이〉

Hermann Hesse

365 │ MAY │ 5

5

어린이날

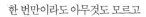

한 번만이라도 아무것도 모르고

자유롭고 과감했던,

호기심에 가득 차 세상으로 떠났던

그 어린 시절로 돌아갈 수 있다면!

〈보리수꽃〉

365 | AUG | 8

26

도시 곳곳에는 파편, 구덩이,

풀처럼 베어진 무너진 숲의 비탈,

태양을 향해 뿌리를 드러내며 탄식하는

죽은 나무들만이 널려 있었다.

〈뿌리 뽑히다〉

6

아이들은 주저하지 않고 도약했다.

그런 일에는 용기가 필요하다.

우리는 부지런하고

인내심과 이성을 갖고 있지만,

아무것도 하지 않았다.

《유리알 유희》

Hermann Hesse

365 | AUG | 8

25

나는 누구도 자연을 이해하지 못하면,

아무리 알아내려 해도 수수께끼만 발견할 뿐

오히려 슬퍼질 것이라고 답했다.

《페터 카멘친트》

7

모든 길은 집으로 향하고

모든 발걸음은 탄생이며 죽음이다.

모든 무덤은 어머니다.

〈나무들〉

Hermann Hesse

365 | AUG | 8

24

어릴 때부터 여름에서 가을로 넘어가는 시기를 무척이나

좋아했다. 이즈음에는 감수성이 풍부해진다.

자연의 부드러운 속삭임을

받아들이고 덧없는 색채들의

변화가 나의 호기심을

자극한다. 〈여름과 가을 사이〉

365 | MAY | 5

8

어버이날

어릴 때부터 아버지는

나 때문에 얼마나 근심했으며,

어머니는 얼마나 많이 두려움을 느끼고

한숨을 내쉬었던가!

〈새 탄생의 기적〉

365 | AUG | 8

23

특별히 여행의 낭만이라고 부르고 싶은
것들이 있다. 다양한 인상들, 기대되면서도
걱정스러운 놀라움에 대한 기다림,
무엇보다도 낯설고 새로운 사람들과의
유쾌한 교류가 그것이다.

〈여행에 대하여〉

365 | MAY | 5

9

여행의 서정성은 풍요로워지는 경험에 있다.

새롭게 얻은 것을 내 안에서 유기적으로 통합하는 것,

다양성 속에 단일성을 이해하고 대지와 인류라는

거대한 조직을 이해하는 것, 옛 진리와 법규를

온전히 새로운 관계로 재발견하는 데 있다.

〈여행에 대하여〉

365 | AUG | 8

22

쾌락에 빠져 잠시 공포를 잊을 수 있었다.

그런다고 해서 공포가 사라진 건 아니었다.

그대로 남아 있었다.

《나르치스와 골드문트》

10

그들은 젊고 말쑥한 표정 뒤에

각자의 특별한 인생과 고유한 영혼이 깃들어

있을 거라고 상상했다.

《수레바퀴 아래서》

365 | AUG | 8

21

인간은 단지 시간 때문에 자신이 열망하는

모든 것으로부터 분리된다.

단지 시간 때문에, 이 고약한 발명품 때문에!

자유롭고 싶다면 시간이라는 목발을 던져버려야 한다.

〈두려움 극복〉

Hermann Hesse

365 | MAY | 5

11

커다란 함박꽃나무는 성장의 상징인 동시에

근심 따윈 없는 다산의 상징처럼 보인다.

〈대립〉

20

나는 이런저런 것들을 상상할 수 있다.

하지만 그것을 실행에 옮길 만큼

원하는 게 강력하려면,

그 바람이 내 마음속에 온전히 존재하고,

그 바람이 내 존재 안에 가득 차 있어야 한다.

《데미안》

365 | MAY | 5

12

두 사람이 아주 가까운 관계라 해도 그 사이에는

항상 심연이 입을 벌리고 있으며,

그것은 오직 사랑으로

힘겹게 건너갈 수밖에 없음을,

나는 그때까지 경험하지

못했다. 《크눌프》

365 | AUG | 8

19

나는 홀로 자라는 나무를 특히 더 존경한다.

그런 나무는 고독해 보인다.

현실에서 도피한 나약한 은둔자가 아니라,

베토벤이나 니체처럼 스스로 고독을 선택한

위대한 사람처럼 보인다.

〈나무들〉

Hermann Hesse

365	MAY	5

13

사랑은 우리를 행복하게 만들기 위해

존재하는 게 아니다. 우리가 슬픔과 인내를

얼마나 견딜 수 있는지 알려주기 위해

있는 것이다.

《페터 카멘친트》

Hermann Hesse

365 │ AUG │ 8

18

명랑성이란 장난치거나 자신을 뽐내는
것이 아니다. 그것은 최고의 깨달음이면서
사랑이다. 진실에 대한 긍정이며,
심연과 낭떠러지의 끝에 서 있어도
깨어 있는 일이다.

《유리알 유희》

365 | MAY | 5

14

습관이 아닌 오로지 자유의지로 사랑과

존경을 하고 진심으로 제자이자 친구가 된 곳,

바로 그곳에서 우리의 마음이 멀어지고 있음을

깨닫게 될 때 몹시 쓰라린 고통의

순간이 찾아온다.

《데미안》

Hermann Hesse

365 | AUG | 8

17

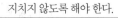

지치지 않도록 해야 한다.

그렇지 않으면

수레바퀴 아래에 깔리고 말 테니까.

《수레바퀴 아래서》

365 | MAY | 5

15

스승의 날

아름다운 기생이 오랫동안 나의 스승이 되어주었고,

어느 부유한 상인이 나의 스승이었으며,

노름꾼 몇 명도 나의 스승이었다.

《싯다르타》

오늘날 우리는 고도로 발달한

과학에도 불구하고 자연을 있는 그대로

받아들일 준비가 되지 않았고

그런 교육을 받지도 않았다.

오히려 우리는 자연에 맞서 싸우고 있다.

〈나비에 대하여〉

16

내 고향은 이제 예전의 고향이 아니었다.

지난 시절의 사랑스러움과 순진함은

내게서 떨어져 나갔다.

이제 나는 도시를 떠나 어른이 되어

삶을 견뎌야 했다.

〈뿌리 뽑히다〉

Herman Hesse

365 | AUG | 8

15

광복절

우리는 역사의 한 부분이고,

역사 속에서 만들어진 존재다.

생성과 변화의 능력을 상실하면

사망선고를 받는다는 것을 잊고 있다.

《유리알 유희》

Hermann Hesse

365 | MAY | 5

17

서로를 이해의 눈길로 바라볼 때

우리는 서로에게 가까워질 수 있으며

서로 사랑할 수 있고

서로 위로하며 살아갈 수 있다.

《게르트루트》

365 | AUG | 8

14

가끔 비좁다고 느끼긴 했지만

난 내 껍질 안에 머무르고 싶었다.

《게르트루트》

Hermann Hesse

18

학교는 커다란 악장이자 리듬이었다.

《수레바퀴 아래서》

Herman Hesse

365 | AUG | 8

13

낯선 것에 금방 친숙해지고

차분히 가치 있는 것을 볼 줄 아는 여행자는

어떤 의미를 인식하고

자신의 운명의 별을 따르는 사람들과 똑같다.

〈여행에 대하여〉

Hermann Hesse

365 | MAY | 5

19

나무는 깊은 감동을 주는 설교자다.

나는 사람들 사이에서, 울창한 숲에서,

들판에서 자라는 나무들을 존경한다.

〈나무들〉

12

우리가 여행하며 낯선 것을 보고 체험하는 것은

근본적으로는 인류의 이상을

찾아가는 행위다.

〈여행의 나날들〉

20

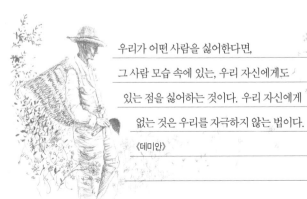

우리가 어떤 사람을 싫어한다면,
그 사람 모습 속에 있는, 우리 자신에게도
있는 점을 싫어하는 것이다. 우리 자신에게
없는 것은 우리를 자극하지 않는 법이다.

《데미안》

11

검은 거울 위로 몸을 숙이면 데미안과 꼭 닮은

내 모습이 보였다.

나의 친구이자 인도자인

데미안과 꼭 닮은 내가.

《데미안》

21

자연은 사람들의 인생길에

최고로 멋지고 묘하며

대부분의 사람들이 경외심을 갖는

선물을 놓아두었다.

그것은 바로 유머다.

〈피리〉

10

방랑자는 모든 즐거움 중에서 가장 좋은 것,

가장 섬세한 것을 얻는다.

즐거움을 맛보는 것 외에도

모든 즐거움이 덧없이

사라진다는 것을 알기 때문이다.

〈보리수꽃〉

365 | MAY | 5

22

나는 이끼와 한 조각의 수정, 꽃 한 송이,

금빛 딱정벌레를 보며 경탄한다. 구름 가득한 하늘,

잔잔한 바다 속에 넘실대며 숨쉬는 거대한 파도,

규칙적인 무늬가 비쳐 보이는 날개를 가진 나비를 찬미한다.

〈나비에 대하여〉

Hermann Hesse

365 | AUG | 8

9

1962년 헤르만 헤세
스위스 몬타뇰라에서 사망

작가들은 다방면에서 볼 때 세상에서

가장 욕심이 적은 존재다.

하지만 어떤 측면에서는

욕심이 아주 많은 존재이기도 하다.

자신이 원하는 것을 단념할 바에야

차라리 죽는 게 낫다고 생각한다. 〈선택한 고향〉

Hermann Hesse

365 | MAY | 5

23

가장 강렬한 자연의 인상은 공기 속에 흐르는

전류, 기온, 강하거나 부드러운 바람, 건조함,

습한 안개 따위에 신경이 자극돼

느끼는 감정들이다.

〈자연의 향유〉

Hermann Hesse

365 | AUG | 8

음악은 전 세기에 걸쳐 감각적인 것에서 생기는 기쁨과

숨을 내쉬고, 박자를 치고, 목소리들이 섞이고,

악기들이 합주될 때의 음색이나 마찰이나 자극에서 생기는

기쁨으로 이루어져 있다.

《유리알 유희》

Hermann Hesse

365 | MAY | 5

24

떠오르는 대로 아무거나 해도 된다는 말은 아니다.

의미 있는 생각들을 떨쳐 내거나

도덕성에 어긋나지 않으려고 훼손해서는

안 된다는 것이다.

《데미안》

7

예술가들은 옛날부터 게으름을 피우며

살아갈 필요를 때때로 느낀다.

새로 깨우친 것을 정확하게 이해하고

무의식적으로 작업한 것을 무르익게

만들기 위해서다.

〈게으름의 기술〉

365 | MAY | 5

25

도덕적인 사람은 가족이나 주위 사람들뿐만 아니라

모든 인간의 삶, 자연의 삶에 친화적이다.

혐오는 그 반대에서

나오는 것이 아니다. 오히려

무관심보다 관계를 맺는

관심에서 나온다. 〈자연의 향유〉

6

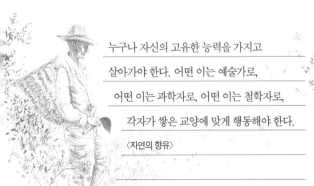

누구나 자신의 고유한 능력을 가지고
살아가야 한다. 어떤 이는 예술가로,
어떤 이는 과학자로, 어떤 이는 철학자로,
각자가 쌓은 교양에 맞게 행동해야 한다.

〈자연의 향유〉

26

우정은 그가 놓쳤던 것들을

보상해주는 보물과 같았다.

그 보물은 의무에 충실했던 예전의

삭막한 삶과는 비교할 수 없을 만큼

고귀하고 뜨거운 삶이었다.

《수레바퀴 아래서》

Hermann Hesse

365 | AUG | 8

5

자신을 남김없이 없애버리는 것,

자아로부터 벗어나

나 자신이 아닌 상태로 되는 것,

마음을 비워내고 평정심을 찾는 것,

자아를 버리고 경이로움에 마음을 여는 것,

그것이 그의 목표였다. 《싯다르타》

365 | MAY | 5

27

이 돌은 돌이고, 동물이고, 신이고, 부처다.

내가 이 돌을 존중하고 사랑하는 이유는

언젠가 이런 것 또는 저런 것이 될 수 있기

때문이 아니다. 이미 오래전부터

항상 그 모든 것이기 때문이다.

《싯다르타》

365 | AUG | 8

4

진짜 살아 있는 인간이란 무엇인가?

《데미안》

365 | MAY | 5

28

오늘 놀라운 경험을 했기 때문에 기꺼이

떠나는 것이다. 그렇다고 큰 행운과 즐거움이

있을 거라고는 생각하지 않는다.

아마 힘든 여정이 되겠지만 멋진 길이

되기를 바라고 있다.

《나르치스와 골드문트》

3

365 | AUG | 8

몇 주 동안 이어진 폭염으로
나는 집 밖을 거의 나가지 않았다.
덧창문을 모두 내린 채 작은 방 안에서 지냈는데,
거인과 난쟁이 나무 두 그루가
나의 동반자가 되어주었다.

〈대립〉

Hermann Hesse

365 | MAY | 5

29

곧 여름이 되고 갖가지 소리로
숲이 가득 채워질 것이다.
땅에서 싹튼 작은 새싹은 곧 늙고
단단해져 갈색으로 변할 것이다.
뻐꾸기도 침묵할 것이다. 그래도 해와
별은 계속 비출 것이다. 〈밤나무 숲의 5월〉

Hermann Hesse

365 | AUG | 8

2

고요히 오래 듣고 있으면 방랑벽이

핵심과 의미를 드러낸다.

그것은 괴로움에서 도망치려는 것이

아니다. 고향과 어머니에 대한 기억들,

삶의 새로운 비유들을 향한 동경이다.

〈나무들〉

30

사랑을 애원해서는 안 된다.

강요해서도 안 된다.

사랑은 스스로 확신할 수 있는 힘을 가져야 한다.

그러면 상대에게 끌려가지 않고

상대를 끌어당기게 된다.

《데미안》

1

너는 나의 자녀이고 형제이며 나의 일부다.

나는 너와 함께 모든 것을 겪었고 견뎠다.

〈크눌프〉

31

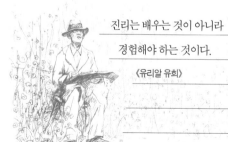

진리는 배우는 것이 아니라

경험해야 하는 것이다.

《유리알 유희》

365 | JUL | 7

31

떼목꾼이 되기도 했고, 방랑자가 되기도 했으며,

유목민이 되기도 했다.

도시를 유영하며 사람들을 지나치고

어디에도 속하지 않고

너른 세상을 느끼고 향수를 불태웠다 .

〈뗏목 여행〉

365 | JUN | 6

1

모든 것들로부터 한 걸음 물러나보면

아름다운 것들로 가득 찬 세계가

당신을 기다리고 있다는 걸 알게 된다.

《로스할데》

Hermann Hesse

30

그는 사랑했다.

그리고 사랑함으로써 자기 자신을 발견했다.

하지만 대부분의 사람들은 사랑을 하면서

자기 자신을 잃어버린다.

《데미안》

Hermann Hesse

365 | JUN | 6

2

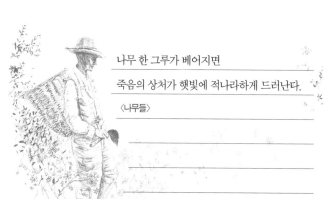

나무 한 그루가 베어지면

죽음의 상처가 햇빛에 적나라하게 드러난다.

〈나무들〉

365 | JUL | 7

29

우리는 시간을 돈으로 보고 하는 일마다 서두른다.

그것은 의심할 여지 없이

기쁨의 가장 큰 적이다.

〈작은 기쁨들〉

Hermann Hesse

365 | JUN | 6

3

우리의 목표는 서로의 세계 속으로

들어가는 것이 아니라 서로를 인식하고

상대를 존중하며 알아가는 것이다.

그렇게 서로 대립하면서 보완하는

사이가 되는 것이다.

《나르치스와 골드문트》

Hermann Hesse

365 | JUL | 7

28

구름을 보면서 나 역시

구름처럼 살아갈 거라는 것을 알지 못했다.

여기저기 낯선 곳을 방랑하면서

시간과 영원 사이를 떠돌아다니며

살아갈 거라는 것을.

《페터 카멘친트》

365 | JUN | 6

4

인간은 자신과 하나가 되지 않을 때

두려움이 생긴다.

자신에 대해 한 번도 제대로 안 적이 없기 때문에

두려움을 느끼는 거다.

《데미안》

Hermann Hesse

365 | JUL | 7

27

태어난다는 것은 언제나 힘든 일이다.

당신도 알고 있을 것이다.

새가 알에서 나오려면 투쟁해야 한다는 것을.

《데미안》

5

나는 꿈속에서 살고 있었다.

점점 더 현실보다 꿈속에서 살아가고 있었다.

나는 그림자에게 힘과 삶 자체를 빼앗겨버렸다.

《데미안》

365 | JUL | 7

26

나는 세찬 바람 속에도 너도밤나무가

작은 나뭇잎 한 장 떨구지 않는 것을 경탄하며 바라보았다.

너도밤나무는 끈질기고 씩씩하고 완고하게,

빛바랜 잎사귀들을 붙잡고 있었다.

〈동작과 정지의 조화〉

365 | JUN | 6

6

현충일

우리는 우리 자체가 역사이며,

세계사와 세계사 속에서

우리의 위치에 연대 책임이 있다.

《유리알 유희》

25

유리알 유희자는 음악이 가진

명랑성을 지니게 된다.

그것은 바로 축제에 제물을 바치듯,

세상의 공포와 화염 속으로

명랑하게 미소 지으며 걸어가

춤추는 용기와 다르지 않다. 《유리알 유희》

Hermann Hesse

365 | JUN | 6

7

나무들은 그 자체로 아름답고 사랑스러울 뿐 아니라

건축물로 자신을 표현하는 인간에 비해

자연의 무결함을 내세운다.

〈밤나무〉

Hermann Hesse

365 | JUL | 7

24

나는 아직도 성급하던 어린 시절처럼,

내 안에서 삶의 목소리가 부르고

경고하는 것을 듣는다.

나는 그 목소리에 성실하지 않을

생각은 없다.

〈보리수꽃〉

사람들이 대지의 심장 소리를 듣는 법을 배우고,

보잘것없이 작은 운명의 압박감 속에서,

우리는 신이 아니며 저절로 생겨난 것도 아니고,

우주와 대지의 자손이며 일부임을

잊지 않기를 바랐다.

《페터 카멘친트》

Hermann Hesse

365 | JUL | 7

23

매혹적인 색깔로 채색된 우정의 나라가

황홀하게 지평선 위로 나타났다.

《수레바퀴 아래서》

365 | JUN | 6

9

나에게 다른 길은 없었다.

그래서 음악이 나를 이리로 이끌어준

것일지도 모른다.

《게르트루트》

365 | JUL | 7

22

역사는 수많은 가치들을

소리 없이 몰락시키는 것 같지만

망각 속에서 귀중한 가치를

다시 건져 올린다.

〈바젤소식, 1922년 7월 22일〉

10

대표적인 나무가 없는 도시나 풍경은

나에게 강한 인상을 주지 못하고

특징이 없는 곳으로 남는다.

〈밤나무〉

21

처음으로 이 세상이 그를 위해 열려 있었다.

열린 채로 기다리면서, 그를 받아들이고

그에게 기쁨과 슬픔을 안겨줄 준비를

하고 있었다. 그는 이제 창문을 통해

세상을 보던 학생이 아니었다.

《나르치스와 골드문트》

11

산과 강, 나무와 잎사귀, 뿌리와 꽃,

이 모든 자연의 창조물들은

우리 안에 미리 준비되어 있었다.

바로 우리 영혼에서 나왔기 때문이다.

〈자연의 형태들〉

365 | JUL | 7

20

영혼의 본질은 영원함이다.

우리는 영혼의 본질을 모르지만

사랑의 힘, 창조의 힘으로 느끼게 된다.

《데미안》

12

곧 여름이 올 것이다.

머지않아 숲은 진초록으로 가득할 테고,

숲속의 빈터에서 가늘고 여린 풀들이

쑥쑥 자라나며, 밤마다 올빼미 울음소리를

듣게 될 것이다.

〈밤나무 숲의 5월〉

365 | JUL | 7

19

날마다 작은 기쁨을 가능한 한 많이 경험하라.

피곤이 따르는 거창한 쾌락은

휴가 때 조금씩 나누어 인색하게 누려라.

〈작은 기쁨들〉

365 | JUN | 6

13

네 마음 깊은 곳에 귀 기울여보면

내가 네 안에 있다는 것을

느끼게 될 것이다.

〈데미안〉

365 | JUL | 7

18

눈에 보이는 모든 것들은 표현이다.

모든 자연은 이미지이고 언어이고

다채로운 상형문자다. 〈나비에 대하여〉

Hermann Hesse

365 | JUN | 6

14

자기 자신을 송두리째 내던진

경험이 있는 사람과

믿음을 경험하고

운명을 철저히 믿어본 사람은

두려움에서 벗어날 수 있다.

〈두려움 극복〉

365 | JUL | 7

17

제헌절

과묵한 난쟁이 나무는 넓은 공간을 별로 필요치
않을 뿐더러 낭비하지도 않는다. 집중과 지속을
추구한다. 이 나무는 자연이 아니라 정신이고
충동이 아닌 의지다. 사랑하는 작은 난쟁이야.
너는 얼마나 분별력이 있기에 끈질기게
그곳에 그리 오래 서 있는 것이냐! 〈대립〉

365 | JUN | 6

15

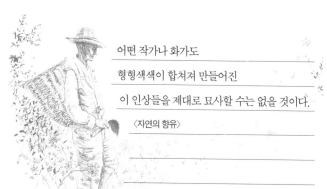

어떤 작가나 화가도

형형색색이 합쳐져 만들어진

이 인상들을 제대로 묘사할 수는 없을 것이다.

〈자연의 향유〉

16

처음에 느꼈던 수줍음을 털어내고 서로를 잘 알게 되자

큰 파도가 일며 혼란스러운 탐색이 시작되었다.

그룹이 생기고, 우정과 반감이

형태를 드러냈다.

《수레바퀴 아래서》

16

하찮은 경험들이 내 안에서

종종 확신을 얻고 어우러져

소중한 기억으로 만들어지곤 한다.

〈여행에 대하여〉

Hermann Hesse

365 | JUL | 7

15

인간은 누구나 자기 자신으로 존재하는 동시에

세상만사가 교차하는 지점이기도 하다.

그 지점은 유일하고 특별하며,

소중하고 관심을 받는다.

단 한 번 그렇게 존재하는,

다시는 존재하지 않는 지점이다. 《데미안》

17

일터로 가는 길에 시를 읊조리거나

아름다운 가락을 흥얼거리는 죄수가

화려한 아름다움과 달콤한 유혹을 지겹도록 누린 사람보다

내면에 아름다움과 위로를 더 깊이 간직할 수 있다.

〈내면의 부유함〉

Herman Hesse

365 | JUL | 7

14

나무들은 홀로 자기 자신을 잃지 않는다.

온 힘을 다해 자기 안에 깃든 본연의 법칙을

실행하고 자신만의 형태를 만들어내고

자기 자신을 표현하는 일에 몰두한다.

〈나무들〉

Hermann Hesse

365 | JUN | 6

18

나는 오직 네 모습 그대로의 너를 필요로 했다.

너는 나를 대신하여 방랑했고,

안주하여 사는 사람들에게 자유에 대한 향수를

조금이나마 일깨워주었다.

〈크눌프〉

365 | JUL | 7

13

믿을 수 없을 만큼 맹렬하게 자란 함박꽃나무는 건장하고

좀 굼뜬 젊은이처럼 느껴진다. 하지만 한창 꽃을 피우는

한여름에는 온화한 기품으로 서 있다.

라커 칠을 한 것처럼 단단하게 빛나는 잎들이 바람결에 살랑대고,

매우 아름답지만 쉽사리 지는 섬세한 꽃들을

소중하게 보살핀다. 〈대립〉

Hermann Hesse

365 | JUN | 6

19

사람들이 우리를 필요로 하게 될 것이다.

인도자나 입법자로서가 아니라,

운명이 부르는 곳으로 함께 가고

그곳에서 기꺼이 멈춰 설

준비가 된 사람으로서 말이다.

《데미안》

Herman Hesse

365 | JUL | 7

12

이제 사랑은

맑음도, 위안도, 즐거움도 아니었다.

그것은 폭풍이고 불길이었다.

《게르트루트》

365 | JUN | 6

20

폭풍 때문에 한쪽으로 뻗은 소나무가 있는가 하면, 붉은 줄기로

마치 뱀처럼 튀어나온 암벽을 휘감아 바위와

서로의 몸을 지탱하는 나무도 있다.

마치 전쟁터에 나간 전사처럼 보여

내 마음속에 부끄러움과

경외심이 일었다. 〈은둔자와 전사〉

365 | JUL | 7

11

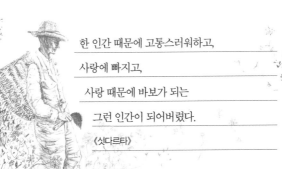

한 인간 때문에 고통스러워하고,

사랑에 빠지고,

사랑 때문에 바보가 되는

그런 인간이 되어버렸다.

〈싯다르타〉

365 | JUN | 6

21

방랑자들아, 너희 모두는 설사 방탕한 자라 해도
보이지 않는 왕관을 쓰고 있다. 너희는 모두
행복한 자이며 정복자다. 나도 너희와 같았던
시절이 있었기에 안다. 방랑과 낯섦이 어떤 맛인지.
그것은 향수와 결핍 그리고 불안에도
아주 달콤한 맛이 난다. 〈보리수꽃〉

365 | JUL | 7

10

방랑자는 모든 샘에서 물을 마실 수 없어도
크게 신경 쓰지 않으며 풍요로움에 익숙하다.
또 잃어버린 것을 오래 아쉬워하지 않고,
한번 좋았던 장소에 바로 뿌리내리기를
바라지도 않는다.

〈보리수꽃〉

365 | JUN | 6

22

깨달음을 얻었을 때

어떤 법칙을 발견하는 것이 아니라

결단을 하게 되며,

세상의 중심이 아니라 자신의 중심에

이르게 된다.

《유리알 유희》

Herman Hesse

365 | JUL | 7

9

인간에게는 신성함과 우스꽝스러움이 함께

존재한다는 것을 알게 되었다.

《페터 카멘친트》

365 | JUN | 6

23

나는 최대한 많은 행복을 얻으려고 하기보다는

행복이든 불행이든 최대한 깨어 있는 의식으로

삶을 살려고 한다.

〈외로운 밤〉

Hermann Hesse

365 | JUL | 7

8

자신을 다른 사람들과 비교해서는 안 된다.

이따금 자신이 별났다고 생각하며,

대부분의 사람들과

다른 길을 걸어간다고 자책한다.

이제는 그런 생각을 그만해야 한다.

《데미안》

Hermain Hesse

365 | JUN | 6

24

내 이마에는 신의 광채가 있었고,

내가 자세히 관찰한 것들은 아름답고

활기찼다. 내 사유의 세계와 꿈속에서는

비록 경건하지는 않더라도

천사와 기적과 동화가 형제들처럼

찾아오곤 했다. 〈새 탄생의 기적〉

7

나에게 중요한 것은 세상을 사랑하고

가볍게 여기지 않는 것이고,

세상과 나를 미워하지 않는 것이며,

세상과 나와 모든 존재를

사랑으로 찬미하며 경외심을 가지고

바라보는 것이다. 《싯다르타》

25

당신은 이미 강으로부터 배웠다.

아래를 향해 힘차게 나아가는 것, 가라앉는 것,

깊은 곳을 찾는 것이 좋은 일이라는 것을.

〈싯다르타〉

6

무관심으로 오랫동안 버려진

플라타너스 가로수 길이 숲이 되어,

태양과 바람이 머물고 새들이 노래했다.

〈붉은 잎 너도밤나무〉

Hermann Hesse

365 | JUN | 6

26

우리처럼 자연도 전체의 일부이고,

한 이념의 형상이다.

〈자연의 향유〉

365 │ JUL │ 7

5

예술에서 섬세하고 사욕 없는 기쁨을 느꼈으며

예술이 자신에게 주는 것 이상을 바라지 않았다.

《게르트루트》

Hermain Hesse

365 | JUN | 6

27

우리가 우정과 사랑을 위해 정성을 들이고

희생하는 것처럼,

책을 심사숙고해서 고르고 사서 읽는 것처럼,

여가와 교육을 위한 여행도

애정을 기울여 배우고 몰두해야 한다.

〈여행에 대하여〉

365 | JUL | 7

4

언제까지고 영원히 계속되는 꿈이란 없다.

새로운 꿈으로 교체되니까.

그러니 그 어떤 꿈도 붙잡아두려 해선 안 된다.

《데미안》

365 | JUN | 6

28

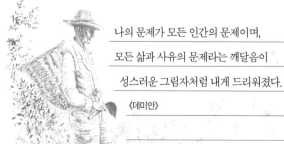

나의 문제가 모든 인간의 문제이며,

모든 삶과 사유의 문제라는 깨달음이

성스러운 그림자처럼 내게 드리워졌다.

《데미안》

365 │ JUL │ 7

3

훌륭한 화가들은 많이 있다.

그들은 우아하고 섬세한 사람들이다.

현명하고 품위 있는

겸손한 노신사가 세계를

바라보듯이 그림을 그린다.

《로스할데》

29

내 안의 목소리는 더 이상 방랑과 우정,

햇불과 노래가 있는 술판으로 나를 이끌지 않고,

고요하고 좁은 곳, 고독하고 어두운 길로

이끈다. 그 길이 즐거움으로 끝날지

고통으로 끝날지 모르지만, 나는 그 길을

갈 것이며 또 가야만 한다. 〈보리수꽃〉

Hermann Hesse

365 | JUL | 7

2

1877년 헤르만 헤세
독일 칼프에서 출생

나무의 이야기를 듣는 법을 깨우친 사람은

더는 나무가 되기를 염원하지 않는다.

그는 자기 자신 말고 다른 무엇이 되기를

갈망하지 않는다. 그것이 바로 고향이며,

그것이 행복이다.

〈나무들〉

| 365 | JUN | 6 |

30

정원을 가꾸며 창조의 기쁨과 우월감을 느낀다.

한 평의 작은 땅을 나의 의지와 생각대로 가꿀 수 있고,

여름의 정원을 내가 좋아하는 과일과 색과 향기들로

가득 채울 수 있다.

〈정원에서〉

365 | JUL | 7

1

그의 길은 원을 그리며 나아갔다.

그의 길은 똑바로 뻗어 있지 않고 항상 타원이나

나선을 그리고 있었다. 직선은 기하학에나

맞을 뿐 자연이나 삶에는 어울리지 않았다.

《유리알 유희》

헤르만 헤세의 문장들 365

헤세처럼 나를 찾는 문장 일력

1판 1쇄 발행 2022년 12월 5일

원저 헤르만 헤세 | 편역 김빛나래 | 그림 김윤아

펴낸이 김은중 | **편집** 허선영 | **디자인** 김순수 | **펴낸곳** 가위바위보

주소 서울시 마포구 월드컵북로400 5층 8호 (우편번호 03925)

전화 02-3153-1105 **팩스** 02-6008-5011 **전자우편** gbbbooks@naver.com

ISBN 979-11-92156-16-3 00850

값 20,000원

* 이 책의 내용을 사용하려면 반드시 저작권자와 출판사의 동의를 얻어야 합니다.

* 잘못된 책은 구입처에서 바꿔 드립니다.

* 가위바위보 출판사는 낯답게 만드는 책, 그리고 다함께 즐기는 책을 만듭니다.